MIDAS

OU

LE COMBAT DE PAN CONTRE APOLLON,

Sur la prise de NAMUR.

*Par Monsieur D. L****

A PARIS,

Chez MARTIN JOUVENEL, ruë de la Boucherie, au bout du Pont S. Michel, à l'Image saint Augustin.

ET

CLAUDE MAZUEL, Imprimeur & Libraire, ruë S. Jacques, devant la ruë du Plastrè, dans la maison de la vieille Poste.

M. DC. XCII.

Avec Permission.

LETTRE

DE M^R LE CHEVALIER

D. L. H.

A M. LE P. R.

Sur la prife de *NAMVR.*

ONSIEUR,

Prendrez-vous une autre fois de mes Al-
manacs ? Et n'ai-je pas eu raifon de parier
que le Prince d'Orange ne feroit qu'accroître
devant Namur, la réputation qu'il s'étoit
acquife l'an paffé devant Montz ? Quand une
raifon plaufible d'intereft s'accorde avec nôtre
inclination, les aiguillons de l'honneur font
bien tôt émouffez. Le temperament froid du
Prince d'Orange l'incline naturellement à la
confervation de fa chere perfonne : & quoi
qu'en difent fes adorateurs, je ne m'en dédis
point, il ne fe batra jamais que fes Alliez

A ij

ne l'y forcent malgré lui , & trop d'actions diférentes ont justifié l'aplication que je lui ai faite de ces deux vers de Moliere.

Je ne suis point battant de peur d'être battu,
Et l'humeur débonnaire est ma grande vertu.

A cette inclination naturelle se joignoit une raison sensible, qui est qu'une Bataille entiere perduë lui ôtoit toute ressource, & qu'ayant avec lui toutes les forces des trois Royaumes qu'il a usurpés, & qu'il ne retient que par la crainte qu'il imprime aux Peuples, les Anglois ne manqueroient pas de secoüer le joug d'une Tyrannie violente s'ils le voyoient batu.

Je sçai bien que cette raison n'auroit rien valu sur l'ame d'un Alexandre, d'un Cézar, d'un Annibal, ou de tout autre qui l'auroit de la trempe de ces grands Hommes ; mais sur celle du Prince d'Orange, je prévoyois bien qu'elle prévaudroit sur les vigoureux conseils que le sang chaud & genereux qui coule dans les veines du Duc de Baviere pouroit lui inspirer.

Les choses se sont donc passées comme vous sçavez que je les ai prévüës , & quoi que depuis il se soit fait battre à contre-temps, je n'ai point été trompé lorsque j'ai sçû ce que toute l'Europe a vû avec un merveilleux étonnement, qu'un Prince qui avoit besoin d'une action vigoureuse pour réparer la honte que le spectacle de la prise de Montz à sa vüë lui avoit causée ; qui avoit promis avec tant de

certitude qu'il auroit ſa revanche ſi on étoit
aſſez hardi pour ataquer la moindre Place
devant lui ; qui avoit ſous ſes Drapeaux la
plus nombreuſe & la plus floriſſante Armée
que la Ligue ait encor miſe ſur pié ; qui n'a-
voit point comme à Montz l'excuſe de la ſur-
priſe dans un temps deſtiné au repos des
Troupes ; qui ne pouvoit jamais déſirer une
ocaſion plus glorieuſe de donner une Bataille,
dont la perte même lui auroit fait alors autant d'honneur, que celle qu'il a donnée depuis a marqué d'imprudence, & qui ſçavoit
de quelle conſequence étoit à la Ligue la
perte de Namur, la plus forte Place du monde, & la plus importante à ſon parti dans la
ſituation des choſes : qu'un Prince, dis-je,
ait mépriſé toutes ces raiſons pour demeurer
pendant un mois entier avec cent mil hommes les bras croiſez & pacifique ſpe€tateur de
ſa priſe.

Je vous repete que je n'y ai point été trompé. Mais eſt-il poſſible qu'une a€tion de cette
léthargie guerriere ne détrompera point ceux
qu'il a comme enchantez, & qui juſqu'ici
n'ont pas vû le moindre effet de ſes paroles ?
Car la Bataille qu'il a perduë à Tubiſe, &
dont je vous parlerai l'ordinaire prochain, ne
repare point l'afront de n'avoir ozé combatre
pour deſaſſieger Namur. Mais que voulez-
vous, comme l'étoile du Roi eſt de prendre
tout ce qu'il ataque, celle du Prince d'Orange eſt de laiſſer prendre tout ce qu'il vient
ſecourir. Et c'eſt bien avec raiſon qu'une

bonne plume qui m'eſt inconnuë , vient de ſe
ſervir du nom du Gouverneur de Charleroy
pour lui adreſſer ces vers.

❧❧❧

Grand apuy des Peuples Rebellés,

Nous abuſeras-tu toûjours ?

Tes mains foibles & criminelles,

Portent malheur aux Citadelles

Dont tu veux tenter le ſecours.

❧❧❧

En effet toutes les fois qu'il a voulu eſſayer
de ſecourir quelque Place , il a eu le malheur
ou d'y être batu , ou de la voir prendre ſans
ozer rien tenter.

❧❧❧

Saint Omer ſoûtenoit les éfors d'une Armée,

Naſſau vole au ſecours de ce Poſte important,

Il perd une Bataille , & la Ville allarmée

Tout auſſi-tòt ſe rend.

❧❧❧

Bergue dans Montz étoit réſolu de mourir.

Peut-être plus long-temps eut-il pû ſe défendre :

Mais il fallut ſe rendre

Dés que Naſſau parut vouloir la ſecourir.

❧❧❧

Barbançon dans Namur est plus fier qu'un
   Hercule,

  Tandis que Guillaume recule :

  Mais quand Guillaume ose aprocher,

Le même Barbançon tremble dans son Rocher,

  Bat la chamade, & capitule.

La prise de cette Place importante par sa Majesté en personne, est accompagnée de circonstances si extraordinaires, qu'il semble que la posterité pouroit douter de la verité que nos Histoires en diront, si le Prince d'Orange n'avoit amené cent mille témoins irreprochables de sa honte & de la gloire du Roi. Tout sembloit concourir à traverser le succés de cette entreprise, & ce n'étoit pas assez que toute l'Europe eût armé pour s'y oposer, il faloit encor que le Ciel même par une irregularité extraordinaire de Saison, fît tomber les pluïes de l'Hiver au Solstice de l'Eté : mais plus les obstacles sont grands & plus il y a de gloire à les vaincre.

Le nouvel Horace qui fait revivre sous le Siecle de LOUIS LE GRAND, la pureté des vers de ce Favori d'Auguste, me paroît avoir fort ingenieusement réussi dans l'Ode Latine qu'il vient de produire sur ce sujet, & dont un Genie de distinction a fait cette Traduction heureuſe que vous ſerez ſans doute bien-aiſe de voir.

ODE,

Sur la priſe de NAMUR.

Traduite du Pere Commire.

NASSAU, quelle eſt ta foi ? L'as-tu
    donc oubliée ?
  Trompe-t-on ainſi ſes amis ?
  Et pour une Place alliée,
Sont-ce là les ſecours dés ſi long-temps promis ?

Si tu ne crains la honte attachée à ta fuite,
  Crains Baviere, & les Ris piquans
  Dont il cenſure ta conduite ;
Crains le débris entier des malheureux Flamans.

Pour ſecourir Namur tes Conjurez en armes
  Se rangent ſous tes Etendars,
  Et pour ſuſpendre leurs allarmes,
Tu jures qu'un Combat ſauvera ces Rempars.

Vains discours, vains sermens, ton adresse trompeuse

    Promet le Combat que tu fuis

    Ta fourbe cependant heureuse,

Dérobe en le fuyant une Palme à LOUIS.

Ouy, ne combatant point tu contrains ce Monarque

    A se contenter de Namur:

    Cassel, champ pour toi de remarque,

Te fait croire aujourd'hui ce chemin le plus sûr.

Nos Neveux prendront-ils pour Fable ou pour Histoire

    Un succés si prodigieux?

    A peine pouvons-nous le croire,

Nous qui comme témoins l'avons vû de nos yeux.

Des ondes de la Sambre & des flots de la Meuze

    Namur par tout envelopé,

    Namur, Citadelle orgueilleuse,

Qui sembloit tout braver de son Roc escarpé.

Namur que défendoient tant de fameuſes têtes

Prêtes de vaincre ou de mourir,

Et que par d'afreuſes tempêtes

En plein Eté l'Hiver eſt venu ſecourir.

Des foudres de LOUIS cette Roche écrazée,

A ſuccombé ſous ſa valeur,

Et ſoûmis ſa tête brizée,

Malgré tous ſes Rempars, au joug de ſon

Vainqueur.

Toi Déeſſe à cent voix que par tout on écoute,

De le publier prens le ſoin ;

Et répons, ſi quelqu'un en doute,

Que de ſes propres yeux Guillaume en fut témoin.

Je m'imagine que vous murmurez ſur ce dernier vers, & que vous dites en vous même que bien loin que la preſence du Prince d'O-range immobile à la vûë de cette ataque, puiſſe ſervir de témoignage à la verité de cet évenement ; c'eſt au contraire la ſeule cir-conſtance qui pouroit la rendre incroyable.

Que le Roi ait forcé Namur malgré tout ce que l'Art & la Nature avoient uni pour la rendre imprenable, ce n'eſt pas une choſe qui ſurprenne, puiſque jamais il n'a formé de Siege qu'il n'ait emporté la Place : mais que le Prince d'Orange n'ait ozé avec une Armée ſi puiſſante hazarder une Bataille pour le deſaſſieger, c'eſt ce que la poſterité ne voudra pas croire, parce que cette poſterité ne connoîtra pas ce Prince de la maniere dont je le connois aprés l'avoir étudié depuis quatre ans avec aplication.

Je ne vous parle point des ſuites importantes d'une perte à laquelle les Ennemis s'atendoient ſi peu : je dis ſi peu, puiſque vous devez ſçavoir que la premiere nouvelle de ce Siege ayant été portée au Prince d'Orange & au Duc de Baviere qui s'entretenoient de leurs projets, ce dernier dit avec une eſpece de cri de joie : *Bon, voila où je les attendois.* Et l'autre avec ſon froid mélancholique lui répondit : *Et moi je ne les y attendois pas.*

Mais pour connoître ces ſuites importantes, il ne faut que jetter les yeux ſur la Carte, & voir Dinant & les autres Frontieres maintenant couvertes par cette Place conquiſe, & ſur la ſituation de Charleroy, de Liege, de Maſtricht & de Bruxelles, pour comprendre d'un côté l'avantage que cette Conqueſte donne à la France, & de l'autre le deſavantage que ſes Ennemis en pourront recevoir.

Mais parmi l'abondance de tant de Pieces diférentes que le Parnaffe a produites pour rendre à LOUIS LE GRAND les hommages que les Mufes lui doivent ; fouffrez que pour vous divertir un moment, j'y mêle le tribut que doit à ce glorieux fuccés une Plume qui lui eft entierement confacrée. Vous y verrez par un jufte Paralelle dans le Combat de deux Divinitez, le Tableau du veritable & du faux Héros ; de LOUIS toûjours Conquerant actif, & de Guillaume toûjours fpectateur immobile des pertes de fes Alliez.

Guillaume fans agir ne fe fait pas de peine
De regarder LOUIS incomparable Acteur :
Un veritable Roi triomphe fur la Scene,
Et le Roi de Theatre en eft le fpectateur.

Lifez maintenant cette Piece dont je vous prétens régaler, & relifez-là deux fois pour en bien comprendre la force.

MIDAS

MIDAS
OU
LE COMBAT DE PAN
CONTRE APOLLON,
Sur la prise de NAMUR.

LE Dieu Pan au boucquin muzeau,
'Ayant vû sa Syrinx convertie en rozeau,
    Pressé du feu qu'il a pour elle,
    Arache la plante rebelle
    Dont il compose un Chalumeau.
A ses Faunes bien-tôt il en montre l'usage,
Et des airs ajustez sur l'instrument nouveau
    Fait retentir tout le Bocage.
    Le souvenir d'une beauté
    Qui lui fut autrefois si chere,
    Et l'agrément qui d'ordinaire
    Acompagne la nouveauté,
    L'avoient tellement entêté,
    Qu'à toute sorte de Musique,
    Soit d'instrumens, soit de chansons,

B

Il preferoit les aigres sons
De sa petite Orgue rustique.
Ce vice fut de tous les temps;
Et si l'on en croit la Satire,
Les plus sots d'eux-mêmes contents,
Sont ceux le plus souvent qui pensent mieux écrire,
Autheurs de bas alloy vous sçauriez bien qu'en dire
Un jour plus satisfait que jamais il ne fut
Des aplaudissemens qu'il eut
De sa Cohorte Bocagere,
Il vit sous un Laurier le brillant Apollon,
Qui d'un archet subtil & d'une main legere,
S'égayoit sur son Violon;
A ce doux instrument sa voix étoit unie:
Mais pour ontrequarrer d'une si douce voix
La delicieuse harmonie,
Pan de ses chalumeaux fit retentir le bois.
Un bruit soudain s'éleve, & la troupe s'ofence
Qu'à rompre son concert Apollon soit forcé:
Mais loin qu'à Pan ce bruit impose le silence,
Toûjours en siflant il s'avance,

Et joint enfin le Dieu dont le chant a cessé.

Prince des Chevrepiés, lui dit alors Thalie,

    Dis-moi Pan, quelle est ta folie,

De comparer ta voix à celle d'Apollon,

Et mettant ta Musique & la sienne en balance,

    Mesurer avec arrogance

    Ton Siflet à son Violon?

    Oüi, répond le Dieu de vilage,

    Je pretens mieux chanter que lui,

Il faut qu'à mon Siflet sa Lyre rende homage,

Je suis prêt à combatre, & s'il veut aujourd'hui.

Taupe, dit Apollon, prés de cette onde pure

    Qu'on tende vite un Pavillon,

    Et qu'entre-nous quelque gageure

Nous serve outre l'honneur de second aiguillon.

Ce n'est pas tout, il faut quelque Juge équitable

    De bon sens & de bonne foi,

    Franc, desintereßé, capable,

Et sans prévention ni pour toi ni pour moi.

Eh mon Dieu! dit Clio, dans le siecle où nous

  sommes,

En trouve-t-on encor de tels parmi les hommes?

Pour moi j'en crois du moins le nombre fort petit.

Bon, lui repliqua Pan, l'Univers en regorge,
Voyez le bon Midas, n'est-il pas tout esprit
Depuis les piés jusqu'à la gorge?
Ah Pan! répond Clio, vous ne connoissez pas
Sans doute le Juge Midas,
C'est un homme à courte lumiere,
Insensible aux attraits que produit la vertu,
Et dont l'ame toute grossiere
Aime à voir sous ses piés le merite abatu.
Mais comme il vous faut plus d'un Juge,
D'un & d'autre côté nommez-en chacun six,
Qui tous avec grand poids choisis,
Par un fameux Arrest terminent ce grabuge.
Fort bien, dit Apollon, & de plus je consens
Que Midas en soit un, malgré son petit sens,
Fût-il plus bourique qu'un âne,
Je le rendrai sensible aux douceurs de mes chants,
Et ne croi pas qu'il me condamne.
Mais que gagerons-nous? Je mets ce Gobelet,
Dit Pan, sur tous les miens je l'aime,
Et n'en ai point dans mon Buffet
Dont l'ouvrage soit plus parfait,
C'est nòtre ami Vulcain qui l'a forgé lui-même.

Voyez comme il a tout autour,

Gravé dans la ville d'Ausbour,

Vingt Princes assemblez pour signer une Ligue ;

Voyez comme le Chef de tous ces Conjurez,

Par les secrets ressors de son adroite intrigue,

Y bride les Confederez.

Et moi, dit Apollon, bien loin que je recule,

Je veux bien pour gagner ce méchant Gobelet,

Gager la meilleure Pendule

Que j'aye dans mon Cabinet.

Je l'aime d'autant plus qu'elle est mon propre

ouvrage,

Et que pour ornement j'ai fait graver dessus,

Comme dans leurs projets tous ces Ligueurs déçûs,

N'ont vômi jusqu'ici qu'une inutile rage,

Contre un Roi qui lui seul les a par tout vaincus.

Les gages mis sur la verdure,

Vous, Seigneur, dit Clio, chantez-nous de

LOUIS,

Devant le fort Namur les travaux inouis ;

Et toi Pan, de Nassau la risible avanture.

Alors se teurent les Zephirs,

L'Onde pour écouter étoufa son murmure,

Et pour mieux prendre part à de si doux plaisirs,

Les Oyseaux attentifs, sans changer de posture,
Retintrent jusqu'à leurs soupirs.

Tout prêtant un profond silence,
Apollon se leve & comm.ence
Le Combat ainsi concerté;
Et voici ce qui fut chanté.

APOLLON.

Pour le plus grand des Rois ma Lyre est pre-
parée;

LOUIS, unique objet de mes plus doux Con-
cers,

De ton nom glorieux je remplis l'Univers,

A tes hautes vertus ma voix est consacrée.

PAN.

Chantez, mes doux Siflets, le Singe des
Cezars:
L'adroit, l'ambitieux Guillaume,
Peut estre digne d'un Royaume,
S'il craignoit un peu moins qu'il ne fait les
hazars.

APOLLON.

La gloire des Autels, la pieté sublime

Sont du sage LOUIS le soin le plus pressant.

De l'Enfer contre luy l'effort est impuissant

Et sa foudre aux Titans ouvre un mortel abime.

P A N.

Guillaume pour regner se rend maistre des
  Loix ,
    Et la Ligue est sous sa ferule ;
    Il sçait sans le moindre scrupule
Aracher la Couronne aux legitimes Rois.

A P O L L O N.

Rempars dont les abors sont les plus dificiles,

Estes-vous par L O U I S une fois ataquez ,

Il faut plier, jamais il ne vous a manquez ,

Tant il sçait à coup seur l'art de prendre les
  Villes.

P A N.

Guillaume nous fait voir bien plus d'huma-
  nité ,
    Puisqu'il n'ataqua jamais Place ,
    Qu'à ses Remparts il n'ait fait grace ,
Et le tout par un trait d'excessive bonté.

A P O L L O N.

Pour parer à L O U I S en vain tu te travailles

Ligue, sur son secret tes soins sont en défaut ,

Quand on le cherche au Rhin , il bat Gand sur
  l'Escaut ,

Mons est pris, qu'en Espagne on le croit à Ver-
  sailles.

P A N.

Si LOUIS en défaut sçait mettre l'Ennemi ;
    Guillaume en bonnet comme en casqué,
    Se cache toûjours sous le masque ,
Et n'oze se montrer à son meilleur ami.

APOLLON.

Mais, que dis-je, LOUIS s'avance vers la
   Flandre,

Il marche à découvert, le bruit de ses Tambours,

Avant qu'il entreprenne avertit les secours:

Non, Ligue, il ne veut point comme à Mons
   te surprendre.

PAN.

Marchez avec Naſſau, credules Alliez,
   De ce grand Chef ſuivez l'Enſeigne,
   Et vous verrez ſur la Mehaigne
Comme il défend les murs qui luy ſont con-
   fiez.

APOLLON.

Namur ſe voit enceint d'une nombreuſe Armée,

LOUIS en fait le Siege aux yeux des Ennemis,

Où ſont ces promts ſecours que tu leur as promis?

Naſſau tous tes projets s'en vont-ils en fumée?

PAN.

Cent mille combatans qu'à ſa ſuite il conduit,
   De Bruxelles gagnent Judogne;
   Ah! s'il ne fait belle beſogne,
Soyez ſeursque du moins il va faire beau bruit.

APOLLON.

Je voy ſous les Rempars double Tranchée ouverte,

Et par l'œil de LOUIS tous les travaux preſſez,

Ils ſont ſi bien conduits & ſi-toſt avancez,

Que la Ville forcée en ſept jours voit ſa perte.

PAN.

Guillaume, tu parois enfin sur le Ruisseau,
A la Mehaigne on te fait teste :
Que Mars auroit vû belle feste
Si ton feu ne se fût éteint dans un peu d'eau.

APOLLON.

Aux efforts de LOUIS la Ville ainsi tenduë,

La Citadelle en vain croit arrester son bras,

De ses foudres lancez les terribles éclats

Ecrasent les Rochers dont elle est défenduë.

PAN.

Tost donc, Guillaume tost, range tes Ba-
taillons,
    Baviere qui cherche à combattre
    Fait prés de toy le Diable à quatre,
Et le tout n'aboutit qu'à faire quatre Ponts.

APOLLON.

En plein jour tes François d'une valeur sans

bornes,

Emportent à tes yeux un Ouvrage important,

Tel contre Acheloüs Hercule combatant,

Pour vaincre le Taureau rompit d'abord ses Cornes.

PAN.

Guillaume cependant se dérobe aux hazars ;
    Et voit de loin la Tragedie :
    Mais sous son Maître il étudie
L'art de pouvoir un jour forcer quelques
Rempars.

APOLLON.

Que vois-je! juste Ciel! quelles font mes alar-
mes!

LOUIS qu'en t'expofant tu caufes de frayeurs!

Ah! ne me donnes plus ces afreufes terreurs,

Et fonge un peu combien tu couterois de larmes.

PAN.

Anglois ne craignez point de voir par trop
   de cœur
      Succomber Guillaume le Prude,
      Vous avez moins d'inquietude
Que pour fes propres jours lui-même n'a de
   peur.

APOLLON.

Enfin devant Naffau Ba-bançon capitule,

LOUIS a du Château forcé tous les Rochers,

Vous perdez donc ces murs qui vous eftoient fi
chers?

Tranquiles fpeEtaEteurs, oh l'amere pilule!

PAN

Bruxelles que crains tu, ton fort n'eft il pas
   feur?
      Et toy Louvain, & toy Liege,
      Ne craignez point fi toft un Siege,
Guillaume fonge à vous tandis qu'on prend
   Namur.

APOLLON.

Pour le plus grand des Rois ma Lyre est preparée,

LOUIS unique objet de mes plus doux Concers,

De ton nom glorieux je remplis l'Univers,

A tes hautes vertus ma voix est consacrée.

PAN.

Chantez, mes doux Siflets, le Singe des
    Cezars :
      L'adroit, l'ambitieux Guillaume,
      Peut estre digne d'un Royaume,
S'il craignoit un peu moins qu'il ne fait les
    hazars.

C'est ainsi que les Dieux chanterent,

Et tous les Juges déciderent

D'un suffrage unanime en faveur d'Apollon,

Hors l'anique Midas, qui d'un cerveau fan-
*   tasque,*

Leva seul contre tous éfrontément le masque,

Et traitant ce grand Dieu de jeune violon,

*   De Pan & du Pipeau rustique*

*   Porta jusqu'aux Cieux la Musique.*

On le sifle, il s'obstine, & de même qu'un Sot

Croit que quand Bétement il a dit quelque mot,

Il est de son honneur de pousser la gageure,

Ainsi le fat Midas, sans esprit, sans raison,

De tous les assistans méprise le murmure,

Et pour son sentiment jusques au bout tient bon.

Je puniray bien ta sotise,

Dit alors Apollon, & la Posterité

Par ton oreille longue & grise

Aprendra ta stupidité.

Il dit, & toy Midas soudain tu t'émerveilles

De sentir tout à coup & dans un morne éfroy,

L'une & l'autre de tes oreilles

S'alonger d'un bon pié de Roi.

D'un poil court & grison vêtuës,

Plus elles sortent loin plus elles sont pointuës,

Et dans un lâche mouvement.

En un mot elles sont franches oreilles d'âne,

Qui furent de tout temps & l'indice & l'organe

D'un gros cerveau sans jugement.

De semblables Midas, oh que la Terre abonde!

Tous ceux qui sont adorateurs,

Lâche seconds, amis flateurs

Ou qui se rendent protecteurs

Des faux Heros, & sots Autheurs,

Sont autant de Midas au Monde.

F I N.